詩集

そして声が。

太田葉子

砂子屋書房

そして声が。

太田葉子詩集

あ、た、ま、

たまたま
あ
からはじまる
たまである
おたまでもよかったのではある
ラグビーボールのかたちをしている
無実の神が降りてきたかたちをしている

髪も生え
考える葦はセキッツイとも呼ばれ
おしりともおしり合い
ていねいなおさよならもするおしりに
あたまは独裁的なありがとうもする

あたまはたまにあなたをこなし
あたまはいつもあたまごなしで

あたまはいつでも　YES　である位置で
おしりはいつでも　NO　の暗号を描き
果てない霧に包まれたあたたかな密約のかおりに
奥の方がむずがゆくなったり
決して出会うことのないあなたのように
わたしのことがあなたのことのようにあたまから離れなくても

あなたはいつもあたまをこなし
あたまはまたまたあなたごのみで

あたまはわたしがいいと思えてくる
わたしはあなたがいいと思えている
追われるように
机に向かい
考える壺に挿した一輪の花を
考えて挿したふりをしている
あたまがいいというように
しらんぷりもしている
たまたまである

おなか

おかしな
おなかな
わたしなのだ
いかした
わたしの
おなかなのだ

胃がある

肝臓がある
血もあり帽子の形の脂肪もある
骨はない
今なにに忙しくてなにに暇なのか
どんな癖があり
自分のことは好きなのか
梅干しが好きで感情的になることも大好きな
堪忍袋のないおなかのあるわたしなのだが
買い物袋の顔もして
つり上げた入れ歯を下げさせる
殺したことばを食べたがる

ウソヲタベテモ、オナカガイタクナリマセンヨウニ
イバリスギテモ、オナカガフクラミスギマセンヨウニ

X線で覗き見されたりすると
悲しい気持ちになるのは
おなか　というやわらかな祈りの教会が
はずかしめられるからなのかもしれない

縄文と弥生の土器を抱え
他人のそら似のように気高い場所におられる
ヴェールの貴婦人
もくもくと雲隠れする

わたしが　のような
背骨もあって

くちびるの証明

くちびるがなければ
地上はどんなにさみしいだろう

くちびるがない口は
空腹のためだけのクレーターのようであり
上弦と下弦とが引き合う
すきッの二音すら
うまく発せられないのだから

グラスに映る月の輪郭を思い
互いを確認する弦で
自分の体温をなぞるのだ
とらえようもない底の方で揺れ
樽に抱かれてゆくウヰスキーの
曲線と直線のゆがみに半ば明かされ
満ち欠けのみでゆるされてきた表情をし
あるいはゆるされたい表情をし

くちびるがなかったらだから
地上のすべての顔は
引力をなくしたほこりまみれの土くれのようで
いったいそのどこに炎をともせばいいだろう

描きかけの油絵をグラスのふちに重ね
塗りたてのすきッという弾んだ形までして
見たくないときこそ見てほしいと
丸いオリーブを中央に抱き
おそろしくひび割れた夕刻には
西の稜線に立つ燭台に両手をさしのべたりもする

そうでなくてどうして
先ほどゆるし合う口づけなどできたろう

せなか　なのか

おなか　なのか
せなか　なのか
おおきな　おせわな
おせなか　なのか

石でも背負いたいのだ
イシダイでも背負わせたいのだ
せなかだらけの画用紙にのせて

スイスイ海へ帰してしまいたいのだ

それでもか
どれでもか
という
この広いぬくもりは
世界に開かれた一杯の
ないかなしみをかみしめる
駅前広場の銅像の姿のまま
せ　な　か　とせなかが叫ぶから
鳴り止まないうちにそこで止んでもいて
底ぬけの海の
まねのできない
マネキンの
ほほ笑みではげしく表面で打ち合い

どうよどうよ　と
話しかけてくるようで

背負いながら
なにを語るというのか
だいぶおどおどしている
すこしどうどうとしている
くねるのは
かゆさがあって
落ちようとする
万有引力と
ない鍵盤がせめぎ合うからなのか

せなかは果たして
まんなかに置かれた

なぜか
なのか

ヘソ　のカノウセイ

裏の畑の火星の横の
理化学研究所の奥の台所のまな板の
そら豆の　そら　が撃ち落された

そらはそしらぬそら豆のまま

もぎたての万国旗　ヨーイ
片方の運動靴　ドン

もう片方の運動靴
少し世間ずれ
へその緒の万国旗
少し世間しらず

わたしたちは
光を必要とする
捨てられた発声のすべて
という顔をして
やわらかなガラスの中をのぞき見る姿をしている
ゴールのない可能性を放ち
当てのないにくしみや空腹を蒸留しては
伸びきったくしゃくしゃの過去を背負い
フラスコをあたため

高い所へと細く焦がれる花の形までしている
半分のにおう断面を咲かせ
受粉し
はちきれ
芽吹いた皮膚の芽のひとつとして
しめやかにうつむき
外部が増すとき
内部はどこまでもうつむき

へそが美しい火星人としてのカノウセイでなくてどうしよう

まゆ　の作法

はい　なのだ
いいえ　でもあるのだ

勝手口をひねって
蛇口がくねって
ついでに口も勝手にうねって

への字がもしやもしやする

へのへのもへ字がもじゃもじゃする
ない扉をたたき
膝をめぐり腸へ　宙をめぐり
目の上へと潜り込んだら
もしも

右は受話器のもしもし
言いたいことはそうなのか
左は送信器のもじもじ
言ってしまったらうそなのか
たとえばわたしは
欠いたまゆのことを話したいのだが
今朝のこの大問題をどう顔に載せればいいのか

唯一の生命線というように引き合って

ぴんと球体に沿って回転する
一度停止させないと危険すぎるんじゃないかと
向こうにもこちらにも話しかけるのだが

まゆは湧きあがる前の
はい　のように
融けだしそうな
いいえ　のように
半ばをうるませたままなのだ

みみ　のおこない

みみ　と発音することは
秘密のおこないかもしれない

まま　であれば
はてなく世界に呼びかけるおこないだろうし
もも　であれば
半分この世に慣れた果実のおこないだろう
みみ　であるからにはそれは

レコードに針を落とし
真っ黒ならせん階段へと音を浸み通す
奥へのおこないのように思われる
つよい意志さえ感じられる

わずかなスロープをたよりに
おぼつかない足どりで昇り降りし
みみをすますことのみのために生まれたようなわたくしのみみに向かって
　さえ
秘密のようにしてみみをすましている
あるいは今こうして
耳と書くと
海に身をひそめるかたい殻つきの貝のようだし
みみと書くと
今生まれたよという裸の貝がうまれてくる

（ときどきシーンと呼び声もする）
記憶の中枢の横で幼児のままのセミの抜け殻のように
何かを待っている

手足のない光を全身にかかえ
着飾ることをせず
鼻にかけることをせず
泣くことのない迷子のまま
遠くにすむもののありかを
待ち続けているようなのだ
待ち焦がれているようなのだ

手はそれを

指の先がそれに触れ
指の腹がそれをあたため
清らかに流れる爪がそっとかたくなに拒み
からみあって手首に意志をもたらす
わたしたちはまるで手のみで生きていて
病んでは光る尾根をたたんだりふくらませたりしている

小指がそして認識し

親指がそれぞれに言葉を添え
くすり指がそれまでの傷口に明日への意味を塗布し
手の中の地図をしかし信じることはしない
わたしたちは思考のみに縛られてはいない
荒々しいいかずちそのものとしてこうして石に凪いでいる

手は
眠らぬ両腕に眠ったように留められた
一対の地平線のようだから
かわいてしまった涙をピンで留めては
バウムクーヘンの皮ほどの握力で
何度も内側にも羽ばたきたがり
触れられるとすぐに感電する
理由が数行散りぢりに
繰り返し書かれてあって

雨林では平らかな羊歯植物のつやも帯び
悩んでいないような美しい苦悩の横顔
おびえきってなお伸びようとする葉の裏の稜線

心臓にふれる

落ちてしまいそうで
シナイデ
くみ上げられそうで
シナイデ
　すべてだ
という

流れ去る大粒の杭が

深い雨林をやってきて
つぎの瞬間だけは見るな　と
くるみ一個半ほどの芯の影を見せる
そして
　ス　ベ　テ　ダ
という

　はっきりしない間仕切りの
　痛み分けのリビング
　底抜けのぬかるみの中
　握られたままの
　とがったガラスの破片を晒し
　明るすぎる向こう側に
　内臓ごと飛び出している
　今日のわたくしよ

右心室はとうの昔に
陸に上がっているのに
ひだりの心室のどこかには
海の楽器があって
しまわれた組織としての
絶滅の叫びさえ住んでいて
あおい血の感覚から
眠らせた覚えのないバイオリンが
眠りから覚めた
はんぶんに切ったリンゴに透け
正常な叫びでまた奏で出すようで
　おわりだ
すべて
　オワリ、ダ

という

瞳をひらく、

はい　いいえ　ではない
道のまんなかで出会うすみれの立ち姿に
それぞれの根の広がりの中で
そこだけは素手でさわっちゃだめよと
光る炎の立つ藍の冷たさもあって

しおれやすい点対称の海をかさねては
たくさんのうろこが波を散らす

線対称の指を離しては
手にしたはずのものの芯が舞う
見えなかったもののふかさが射しこむのだろうか

まぶたを持たない魚の末裔として
わたくしは眠っているときでさえ
あたたかな波に揺られるように
夢見ることをやめることができないでいる
無重力な石にじっとしていてしかも
はじまりはいつもここからだと
何もないものとしてやがて話しかけてくるのは
いつもあちら側からのような気もする

かわききった満ちた水の両手に
ささげ持つ

また　ひらいた
さわっちゃだめよと

鼻はときどき

鼻は
どきどきしてしまう

鼻にかける高さもないのか
鼻にかけない低さもないのか
○なのだ◎なのだ
赤いのだでかいのだ
それ以上なのだ

ゴウマンすぎる鼻の姿は
いったいそれは鼻のせいなのか

鼻毛は
口ひげの上で恥じながらも伸びてくる
鼻水は
場所も選ばず嫌われながらも流れてくる
鼻は
心身ともに耐えるために鼻であるのか

鼻は願う
息をひきとるように
余生を送りたい
だれの目にも留まることなく

マスクをしたまま客死さえしたい
しかし
そんなことになれば
警察は死んだ鼻を明かし
穴の奥まで明るみにするだろう

鼻もちならない話のはしっこで
一個の鼻はふくらんだりしぼんだりする
ほんとうは古代遺跡のように無口で
とくべつな出来事の最中のように腰さえ低い
神秘的な壺のようでもある

鼻は

膝からおとずれるもの

うすもやのかかった大気の中に
先のない闇が盛られ
五等星がしなやかに舞い降り
異国の風をつつみながら揺れている
わたしたちは何をあおぐために二本足で歩きだしたのだろう

旅にでる者は
影を見送り

出かける意味すら戸口に置いたまま
折りたたまれた輝く石に
髪を剃り　月のマストに導かれ
みえない波に乗る

ふりかえれば登る姿のもりあがるあなたの美しい膝がみえる

感じる時間というものはしずかで
たとえばいわしをならべた皿の前で
架空の者の胸はひとりにぎわって波のしらべを感じる
いえ感じてしまったものはすでになく
欠けた瞳のなかで
わたしたちの記憶には予感のみが盛られるのだろう
世界中のまるくしなやかなものの美しさはそのようにしてある

もうひと皿のいわしと
ひと張りのマスト
それは胸で揺れて薫るが
暗喩ではない
今こうして生きている者に
言葉はそこに直接結びつかない

出かけたままのわたしたちの膝におとずれるもの
満ちたり満ちたりなかったりするもの
呼吸しながら悔いる果物のふくらみに似たもの

うれしさが

見上げるということが
見上げる場所があり
青に吸われ
吸われたままの瞳が　なお
地上にあるということが

食べられるということが
ビスケットを食べると急にかおりがして

狭いその世界に挟まれたクリームが口いっぱいに広がるということが
そして冷たいミルクを温め
その白い光沢が唇に触れるということが

認識できることが
三歳の子が写真の自分はこれだと認識できることが
自分の生まれた場所は透明なここで
和菓子の皮を剥ぐようなそのしっとりとした場所が
ここだと三年分認識できることが

ときには忘れてしまうことが
さきほどすれ違った人の顔をにじきに忘れてしまうということが
苦しかったということは忘れないが
苦しかった瞬間の苦しみは今は感じないということが

抱きしめるときが
誕生日にもらったマグカップを縄文杉のように抱きしめるときが
抱きしめるために生まれてきたプレゼントとして抱きしめるときが
そしてなにより大好きなあなたを抱きしめているときが

感覚ではない
すべては有機的な物としてここにある
かぞえきれない器官が私を征服し
夢のように笑わせ働かせ
泣かせもするということの中に

うれしさがあるのだよ

かく

かくことは　ひっかくこと
かかないことは　ひっかかないこと
　ペンはかく道具だが
　指につつまれるあなたのペンは
　三行目あたりから道具ではないように
かくことは　かくにんすること
かかないことは　かくにんしてしまっていること
　指はかく道具だが

せなかをかくわたしの指は
終わりには道具ではないように
かくことは　はずかしがること
かかないことは　はずかしがらずにすむこと
まるくてでこぼこする
よろこびはうれしいんだと
かわいたりしめったりする
かなしみはつらいんだと
かくことは　ロマンチックなこと
かかかないことは　ロマンチックでなくてすむこと
くずれたりさえしてしまう
いかりはぬくもりでもあるんだと
それらがまじってさえいるんだと
かくことは　すこしごうまんなこと
かかないことは　すこしうつくしいこと

鉄のようなごうまんと
炎のようなロマンとを
手にしてしまったような指は
　はずかしがりながら
かく　ことは　ひっかかること
かかない　ことは　ひっかからないこと
かくことは
孤独に没頭していること
かくことは

くやしい

くやしいのだよ
隠したチョコが見つからないことが
うまく出来たシチュウが煮込んでカリカリになってしまい
それを子どもに叱られたことが
私を追い越し成長してしまったその子どもの発言が実に正しいことが

魚にあこがれ水に飛び込んで
クロールしても平泳ぎしてもひと掻きごとに顔を上げなくては進めない

その顔の出来事が
次に生まれるのなら木になりたいと仰ぎつつ
どうしても今はあの人に会いたいと足を速めるその心臓の高鳴りが

ひとはくやしさをバネにせよという
そのバネが憎しみにも似て
それなのにそれが一番前向きになれるとも感じる愚かな自分の
影が自分より素敵にどうしてもうっとりと付いてくる月の晩
銀色のハーモニカを思いだし吹いてみて吸ってみて
子どものころのようにうまく吸えなくて
吸いだすと今度はうまくさっと吐けないことが

鏡の前でくやしいときの顔をしてみて
しわくちゃで笑える顔になっている両の頬を動かし
戦争はきらいだと叫んでも

鏡は何にも返してくれなくて反対に自分の笑いのしわに降ってきて
それでも自分は生きているんだ死んでしまったひとは死んでいるんだと
その声ひとつ聞きとれないという静かな夜
どうしてこんなに感情があちこち芽生えるのかと
瞳を閉じ星のまたたきを想い
いつの間にか朝を迎えてしまうこの深い眠りへの
ものうくやわらかな瞬間に
数日前に食べた熟した半熟卵のうまさを思い返していることが

無実なツミビトのように
くやしいのだよ

そして声が。

そして声が。

たとえば三月
じぶんはうぐいすだとしらないで
わたくしに
うぐいすだと告げる声が
山鳥は山鳥だと
クイナはクイナだと

気づかぬうちにクイナだと告げる声が
たとえば六月
遠いアルプスの氷河が
コップ一杯分
じぶんは氷だともしらないで
水蒸気へと異化し
わたしはしらないいまま飛んでゆくのだと
虹の橋を渡りたがる
メゾフォルテの
決意の崩れかけた、
またもやフォルテシモの声が

今宵長月つごもり
これはたとえばではない
黒みを帯びた山肌から聞こえる

むかいの山の根の橋を行く
じぶんはスカーフ姿の月の妖精だとしらないで
　無垢さは通り過ぎるので
　美しさは手に取れないので
嘴を丸め
閉じられようとした光を思い出して
こんばんは！
書き割りの日々は去った
わたしは名もない名月だと告げる
こんばんは！
役柄の美しい名で明るく歌った後
割れる闇の、割れ重なり深まる

そしてまたしても声が。

よむ

よむということは
かいたその人の
指先にふれるということ
よむということは
はなすその人の
とがった鼻先にかるくふれるということ

だから本をよみながら

いろんなことが気になる
この一節は書き直したのかな
夜中に思い出した昼の夢の切れ端のように
枕を手にひと息にわしわしとかいていったのかな
初恋の詩なども書いたのだろうか
ロシアの文豪ならウォトカだろうけど
今を生きるこの人はどんな飲み物が好きなのだろう
うまくいかなくて絶望したときどんな夢を見るのだろう
この文章はあとで後悔してないだろうか
とか

だから人とはなしながら
いろんなことが気になる
わたしは今もしかしたらおなかが空いたことのほうが大事で
食卓を汚すその私の欲望が

話すその人の広い鼻腔に伝播して
話をするあなたもおなかが空いて
ぽかんとなって世界中にふたつの穴があいてしまったりしないだろうかと
か
わたしはあなたの話は好きだけどあなたのことがもっと好きだから
そんなむつかしい話などオリーブオイルたっぷりのサラダにしてさっさと
盛りつけてしまいたいと
考えてしまっているからかえってあなたは悲しくなって
白いナプキンのような唇になって話をやめてしまわないだろうか
とか

かくという行いは　情緒で
よむという行いは　感情のふくらみだ
よむということは一歩前に出て
かくあなたにつながりたいのだ

あなたのつめたくふるえる思想の指先に
あなたのあつくとがった鼻の奥の広い草の原に
一瞬だけでも住まい
触れてしまったとすこし悔い
見えないインクを感じとる
呑めない酒を酌み交わし

わらう

夕食後　シチュー鍋を洗うわたし
にやにやしとる
なんかいいことあった？
十五の娘にからかわれる
えっ　わらってないよ
湯気立ち　やり場のない　ふたのないわたしの顔

わらうことは

はだかになることと同じくらい恥ずかしいのだ
箸が転げなくてもわらえる十六のころ
鉛筆が転げる前に自分が転げていた
電車の中であろうと交差点であろうと
牛乳を飲んでいる最中であろうと
笑いを堪忍するのに困窮した

あくびもがまんできる
せのびもがまんできる
わらいはがまんできぬ

くしゃみも鼻をつまめばかろうじてがまんできる
いかりも人前では心持ち小さくできる
わらいは人前であろうとがまんできぬ

涙があふれること
わらいがあふれること
このふたつは宇宙の闇がさっとひと袋の光を開示するように
わたしの理性を瞬時に粉砕する

おもう

おもう　ということは
レモン　と書いて
くちびるまでがとがる
あわくかたいかたちに似ている

れもん　と書くと
くちびるはあたたかなふたつの船になり
天と地にすっぱい

ちいさな波をもつ
檸檬　と書くと
折れそうな世界を救済する網目が深くかたどられる
枝のついたギフトとなる

おもう　ということは
やさしくあごに触れる一歩手前の
その場に放置された指先で
時代に葬られた空の
半分にカットされた生まれかけのテーブルに触れていること

……ああ　という
嗚呼　という
またアアという
いうのではなくおもう　わたしの呆けさ

わたしはほんとうのじぶんの酸いかおりをしらないから　かえって
不自由にもこの広い空に自由に顔向けできるのだろうが
かくかくしたひらがなまるまるしたカタカナ身をふるわせる漢字と

おもう　ということは
しわだらけの手のひらにもう半分の広さを載せながら
綿のようなぬくもりをもつということ
争う紡錘上で世界は愛し合い
ふくらんで破裂する
憎しみのみで距離を測るこの世に
そんなはりつめた距離などあるはずがないとわずかに距離を置くこと

おもう　ということは
かおりに悔いなどないように
はっきりとあるおもりをもつということ

不思議なのだよ

不思議なのだよ
指があってそれが五本ずつあることが
足があってそれが地に向かって突き立とうとすることが
腕が抱きしめる方向に曲がるということが
膝が前を向くということが
科学は進歩するということが
食べたものが私の中へと消えてしまうことが
話したすべてはうそのようで

ときどき思い出されるということが

地球は太陽を巡り
太陽は月や土星と同様にわたしをも照らし
わたしがそれを青々と仰ぐということが
あなたが好きだったわたしがいて
水をあたためるとあたたかくなるということが
冷めてもあたたまるということが
好きな色はおれんじで
嫌いな色は日によって違うということが

そして今、不思議なのだよ
不思議なことしかないこの世界に
わたしはたったひとりだということに不思議はなく
世の役に立つわけではないそのことがまた

うれしいということが
氷を凍らせると膨らむということが
沸点が物質によって違うということが
じぶんがきらいということが
不思議に愛おしいのだよ

はるの、は

はるは
ちいさなかなしみとおかしみであふれているので
はっぱをはの字に裏返すように
はるは
るの字であふれてゆくのです

　うまれたばかりのてんぐの鼻をしてる
ゆきどけのつちをのせたおばあさんのせなかみたい

話そうとしたことをわすれてしまって
まいごになったまま枝にゆれて
そろそろかくれんぼをおわりたいのに
かくれんぼをしていたことがはずかしくて
なかなか出てくることができません
もじもじとそらに問いかけて
はるのうすい月のむねのかたちにおさまっている
すきのひとことのように
はる、はる、はる

かおりやにおいがいちばんじゃけん
みえんでも
そこにおるのがいちばんじゃけん

ふゆのゆのじをとかしながらなかば折れ

ドレミのようにあかるくうたうドーナッツもレモンもないけれど
そのままであかちゃんと
としよりにもなっていて
すべてをごぞんじと
うす目でごらんになる
ふしぎそうにじっとみつめ
こんにちはとばいばいをいっしょにする

うもれているわけでもない
すこし出ているわけでもない
はる、はる、はる

わかりつつあるものが

たとえば今、わたしがこしられたカフェオレ
黒いのは豆だと
白いのは乳だとわかりつつ
混ざり
たとえば今、わたしに供されたアジの開き
わたしはアジを見つめ
ない目でアジはわたしを見つめ
あることとないことが

混ぜられてゆくことの中で

認識というものは
わかったような名を持つ
絵の具からはみ出た小さな貝の悔悟だから
ブルー
などと小さく呟いてみても
大きなブルーに揺られていて

内に向けて
残酷にはちきれ
そのすき間から
静寂を覗かせ
幾粒かのパールをこぼし
その深く欠けた光で

ほのかな輪郭すら抱きたがり

宇宙がわたしの思考との張力で混ざり合うその下で
雨であれ晴れであれカフェオレであれ
切りぬかれた認識はしかもいとおしいもので
アジの瞳の奥のパールや
グラスのなかの母牛の血液のように
手に取れるものでもない

わかりつつあるものがここにあるとして

月に見た、

井伏鱒二は『厄除詩け集』の中で
今宵は仲秋名月
初恋を偲ぶ夜
と書いたが
わたしはずっと書こうという気にならないでその先を急いでいる

月に季節などないから
月に恋などないから

闇に浮かぶ絶大な絶望的信頼のこの球体に
（超立体的な喧噪をも超克した地球の未来のすがたにも見える）
今宵わたしは何を偲ぼう

鯉がいる

何万もの目が注がれる名月にいま
銀の鯉を発見した人は
わたしとあと何人いるだろう
　ひだりにはアジアの大陸
　みぎにはアメリカ大陸
　そして狭い大洋
端に石橋を渡すその巨大な池に
コイが跳ねているのだ
凸の形でアクロバティックに跳ねているのだ

天文学者であればそれはあたらしい発見だろう
水瓶座のわたしは
引きあう力のみに導かれて
戦車が横切る砂塵の中
はげしい静寂に逃れようもなく掬いあげられ
凍る間際の
初コイをみている

人間はおろかだ
このように月を見ている時間だけ
いきいきと
コイに生きている

秋の、日

描きたくて
描けないときには
「こころざしおとろへし日は
いかにしましな」
インクの水面が
どこか垂直です

ピンと張った青の感覚が
世界中の特徴的な美しさを集め
ビンのなかへと押し黙らせているようだ
　あおさ　は深さなのだと
　あおい　は浅さなのだと
　あお　には波と雲の高い低いがあるのだと

炎の技が描いた
こげた砂の壺など拾いつつ
思い出せない熱情を
小さな傾きに遊ばせている
それが土の中のホルンの耳の途中が
つ、つ、と響くのだ

かきたくて
かけない秋の午後の日には

＊第二連……三好達治の詩の一節

春のそらを見ていると

ゆらめく葉のなかのそらをすべりゆく
その
ひらめく葉の上のそらにふれたいと思う
　いや、本当はそうじゃないのかもしれません
耳をすませば春のそらは
脈うつ水のひかれあう別れのさなか
季節をつつみこみゆるやかな鐘の音で
ソとラのラッパ水仙のフラットのあたりを

登り降りする
あちらこちら争う銃の音に混じり
ささやかな和睦のさえずる音もあって
　いいえ、本当はそういうことでもないのです

　重くなずむ庭の葉のいちまい、
　根雪の残るそこで
　セミのようにないてないてないているだけ

かくされたやわらかくとがった葉脈のゆくえに
続きを書いてしまうじぶんが悲しいのです
けんばんに載せたままの銀のスプーンに
奏でてしまう自分が恥ずかしいのです
遠浅の海の先にある
まいごの泣き声のする小さな貝殻に

ほんの少しの塩分だけ抱いて
そのまま保っている部分もあるのに
背伸びをする苦悩の後のくちびるも好きなのが
手のひらのなかのぬくもりのある夢も好きなのが
本当だと私のなかに感じられるのがこわいのです

書きたい、と思う時でも

いまのように
どうしても書きたい、と思うときでも

ワタシはナンデ書きたいの
ワタシはナニヲ描きたいの

みずから望んで書きながら
ペンを執る

自分のいちずさが嫌いだ
人はときに特異性に惹かれ
犬や蛙、樹木にあこがれたりもする
遠い自分にこがれて
わたしの甘え方は風見鶏
わたしの呼吸はふかみどり　と

ワタシはダレガ書いているの
ワタシはダレカヲ捨てているの

じっと土間に居る不思議そうな時間というものもあって
友ともうまく話せなくておし黙りたかった
創造的なシャボンを空に返す
しずまない空間というものもあって……

十年後、わたしはまだ
どうしても書きたいと思うだろうか
話せなかったことを話せなくてよかったと
話してしまったことを話してよかったと
その頃なら思えるだろうか

好きなボールを選びながら
それを握る
自分のいびつさが嫌いだ

インスピレィション

信心も
ヒトナミ

神への愛もないわけじゃない
夢の中では
宇宙的　BUDDAを見る
UFOとのテレパシィにも
テェブル越しの届かない

どうしても　の声にならないあのひとの
いかりにさえ
小さな菩薩を見る
柵越しのチンパンジィの指先にも
遠い祈りを感じる

そして
アナタ
を。

どなたですかの
魚眼レンズ越しに
みている

信じることは自己愛だとしても

信じないことは信心への近道だとしても
シンパシィは新人類への障害物だとしても

いつもでなくてもいい
同じ距離でなくてもいい
谷間からみられる
いつまでものびる柵の奥の指の並行するシルエットのなかに

ワタクシも
白い象に乗り
菩薩を超える
いつかきっと

ヒトナミに　ね

もくじ

題簽・著者　装本・倉本　修

詩集　そして声が。

二〇一九年六月三日初版発行

著　者　太田葉子
岐阜県大垣市加賀野一―二六〇―七（〒五〇三―〇〇〇六）

発行者　田村雅之

発行所　砂子屋書房
東京都千代田区内神田三―四―七（〒一〇一―〇〇四七）
電話〇三―三二五六―四七〇八　振替〇〇一三〇―二―九七六三一
URL http://www.sunagoya.com

組　版　はあどわあく

印　刷　長野印刷商工株式会社

製　本　渋谷文泉閣